DISNEP 米奇妙妙屋

妙趣益智故事
太空大冒險

新雅文化事業有限公司
www.sunya.com.hk

今天是「妙妙屋探險日」，米奇和朋友們從盧榮德博士那裏拿到了一張藏寶圖。米奇會和朋友組成一支太空探險隊，由米奇做隊長，帶領隊友前往月球、火星、土星和一個神秘星球尋找寶藏！

太空隊長米奇急不及待地對隊友說：「我們馬上出發，前往太空探險！」

「別急，別急！」盧榮德博士在一旁笑着說。

他向米奇他們交代了沿途的任務 —— 找出十顆寶藏星，然後這些寶藏星就會引領他們到那個神秘星球上找出寶藏！

太空探險隊登上了火箭，還帶上了工具精靈。
開始倒數計時了：十，九，八，七，六，五，四，
三，二，一……發射！

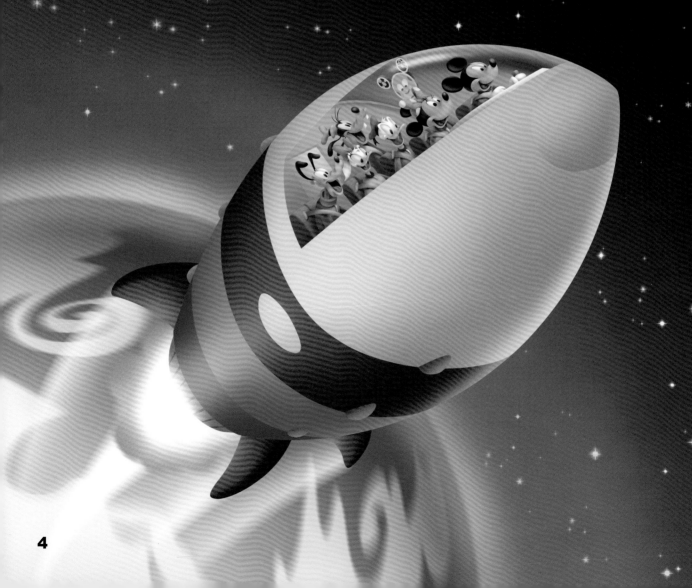

　　當他們興奮地乘着火箭衝上太空時，一點也不知道原來有人在遠處暗中監視他們，那就是太空大盜彼特！

　　「啊哈！」彼特得意地說，「那個太空寶藏一定是屬於我的！」

　　彼特有了一個新幫手，名叫工具仙子。彼特命令工具仙子變出一件工具來阻止米奇的火箭前進。於是，工具仙子拿出了牛奶盒。

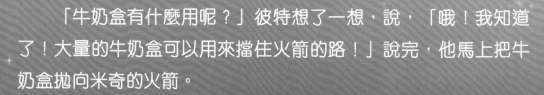

「牛奶盒有什麼用呢？」彼特想了一想，說，「哦！我知道了！大量的牛奶盒可以用來擋住火箭的路！」說完，他馬上把牛奶盒拋向米奇的火箭。

「看！」高飛好奇地指向太空，「這一定是一條牛奶路！」

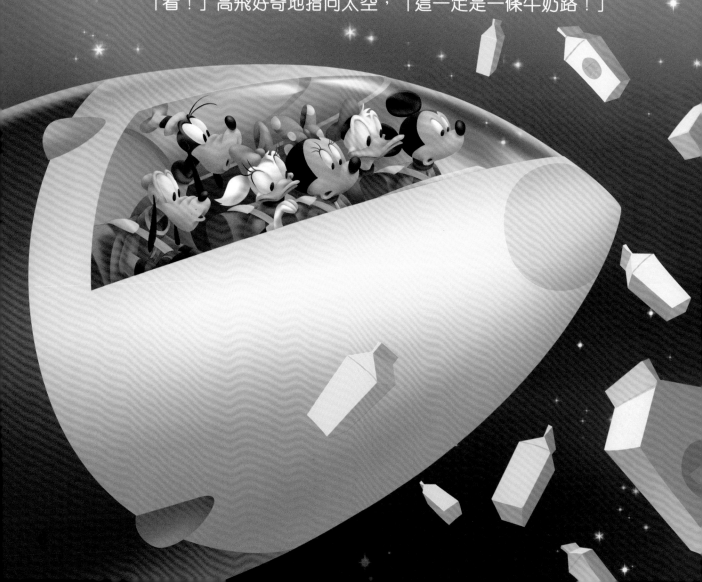

彼特哈哈大笑着說：「你們被牛奶盒包圍了，快把藏寶圖交出來！」

「不！我們不會交出來的！」米奇勇敢地跟彼特說。

他轉頭向工具精靈說：「我們需要一件工具幫我們衝出包圍，請你幫幫我們⋯⋯」

咦！米奇發現工具精靈不見了，他去了哪兒呢？

　　原來，工具精靈看見了火箭外的工具仙子。工具精靈從未見過跟他長得這麼相似的朋友呢！他們看着對方笑了起來，還互相做起了鬼臉。

　　「噢！工具精靈！」米奇又一次呼喚道。

　　這次，工具精靈聽到了米奇的叫聲，趕緊告別了工具仙子。

工具精靈把一塊巨大的曲奇餅交給米奇，米奇把曲奇餅拋向太空，曲奇餅便飛了起來，一盒盒牛奶就乖乖地跟着它往遠處飛走了。

　　「你變的牛奶盒真沒用！」彼特生氣地罵工具仙子，「你破壞我的大計了！」

　　米妮笑着對彼特說：「你不知道牛奶一定要和曲奇餅搭配的嗎？」

米奇他們首先來到月球，認識了月球人大鼻和鋼牙。米奇問他們有沒有見過寶藏星。

　　「你指那些太空垃圾？」這兩個月球人齊聲說，「我們把這些垃圾放進貯藏櫃了。」

　　「那就請帶我去貯藏櫃看看吧！」太空隊長米奇說。

月球人大鼻和鋼牙帶着他們來到了貯藏櫃前。

高飛好奇地打開了貯藏櫃，不料……

「我覺得他們需要換一個更大的貯藏櫃！」高飛被湧出來的垃圾壓在了最下面，動彈不得了。

不過，這個小意外卻讓他和隊友們發現了一號、二號和三號寶藏星！

三顆寶藏星飛到了米奇的火箭上，神奇地吸附在上面！

「我們準備開往下一站吧。」米奇跟隊友們說。

然後，他向着太空大喊：「火星，我們來了！」

在火星上，米奇他們認識了火星人米奇，還有來自冥王星的布魯托！
米奇問火星人米奇哪兒才能找到寶藏星。

火星人米奇熱情地告訴他：「它們可能在星星樹林裏。」

與此同時，工具精靈和工具仙子又見面了。工具精靈送了一束鮮花給工具仙子。這時，太空大盜彼特出現了！

　　「工具仙子，」他粗魯地喊着，「快些跟我走，我們要趕去搶奪藏寶圖！」

　　工具仙子不得不離開了，工具精靈難過極了。

火星人米奇帶着大家來到了星星樹林。

「火星上沒有那麼多樹，所以每一棵樹都是一個樹林。」他向來自地球的朋友解釋道。

寶藏星四號、五號和六號果然都在樹上！三顆寶藏星從樹上飛了下來，一直向米奇的火箭飛去。

太空大盜彼特又想出了一個壞主意。他換上了一件長袍，假扮成一個迷路的老婦人來到米奇的火箭前。彼特扮成的老婦人欺騙善良的高飛，說自己需要一份地圖回家。

「高飛！不要給他！」唐老鴨連忙阻止道。

可是，一切都太晚了。高飛已經把藏寶圖交給彼特！

　　糊塗的高飛闖禍了，他要和唐老鴨，還有剛剛趕回來的米奇馬上追回藏寶圖！

　　米奇、高飛和唐老鴨在土星環上奔跑，追趕着太空大盜彼特，可是怎麼也追不上他。

　　突然，米奇一不小心從光環上一滑，整個人往外飄走了！

米奇差點撞上太空隕石，幸好布魯托趕來救了他。

「謝謝你，布魯托！」米奇感激地說。

布魯托和米奇離開太空隕石羣時，還發現了七號、八號、九號和十號寶藏星呢！

　　唐老鴨和高飛終於追上彼特了。唐老鴨大叫：「工具精靈，請給我一件妙妙工具！」

　　工具精靈拿出一個巨大的鳥籠困住彼特，唐老鴨趁彼特分心的時候，把藏寶圖搶了回來。

　　工具仙子見彼特受困，也拿出了她的工具 ── 一隻太空雞。太空雞抓起鳥籠，帶着彼特飛走了。

米奇和隊友們找回了藏寶圖，也集齊了所有寶藏星。這些寶藏星照亮了通往神秘星球的路。

「嘿！快看那個星球！看起來很眼熟啊！」高飛激動得幾乎要從火箭裏跑出去了，「我們叫它『米奇星』吧！」

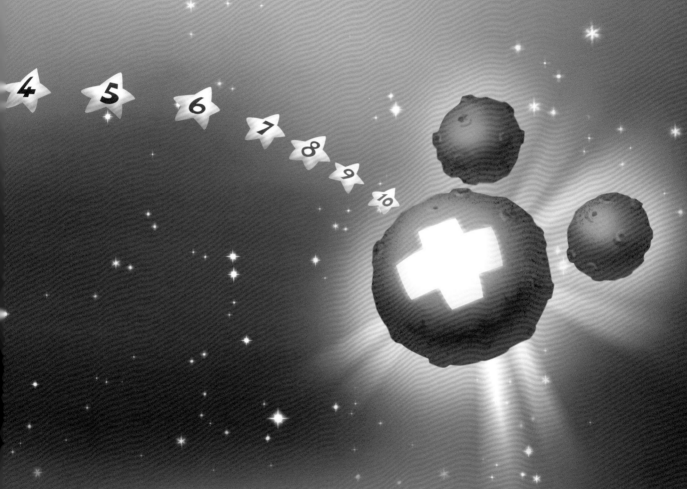

寶藏星一起閃啊閃，指向米奇星中
間一個巨大的「X」標誌。
　　現在可以進入米奇星尋找寶藏啦！

可是，太空大盜彼特已經搶先一步到達米奇星了。而且，他又想出了一條詭計。他扔出了一張詭計網。

「現在就等那支愚蠢的太空探險隊自投羅網吧！」彼特興奮得手舞足蹈地說。

彼特得意忘形了，揮動手臂時竟然不小心把工具仙子推向詭計網！

「可憐的工具仙子，」彼特驚呼，「我來救你！」
但是，彼特失敗了……
「救命啊！」彼特大聲呼喊，「有人嗎？我的工具仙子被困了！」
米奇聽到了彼特的喊聲，連忙跑了過來。

工具精靈也趕來了。他看見工具仙子受困，想也不想便衝上前想幫助她，結果連他也被困在網上！

「我們該怎麼辦呢？」彼特沒有辦法了，只好向米奇求助。

米奇想了想，說：「雖然工具精靈和工具仙子被困，但希望他們還能拿出工具幫助我們。」

「真是個好主意。」彼特說。

米奇猜對了，但工具精靈顯示給米奇的影像，竟然是……太空大盜彼特！而工具仙子顯示給彼特的影像，則是……太空隊長米奇！

「這是什麼意思呢？」彼特問。

「這個意思是，如果我們能夠像朋友一樣互相合作，就可以把工具精靈和工具仙子救出來！」米奇告訴彼特。

　　米奇和彼特一起在掛着詭計網的拱形岩石上不斷跳。終於，掛着詭計網的岩石斷了，工具精靈和工具仙子得救了！

　　經過這件事後，彼特決定放棄他的大盜計劃。

當眾人為工具精靈和工具仙子得救而歡呼時，布魯托則在顯示「X」標誌的地上用力地刨起土來，不一會兒就刨出了一個藏寶盒，裏面放的是盧榮德博士的遙控器。

米妮說：「米奇，按下遙控器上的按鈕吧！」

突然間，大地開始搖動起來……

眨眼間，一座米奇太空旅館出現了！這個寶藏多好啊！

這時，火星人米奇、冥王星布魯托，還有月球人大鼻和鋼牙也來了。原來他們看見閃閃發亮的寶藏星路，感到十分好奇，所以跟了過來。

好朋友們都集合了，大家都非常開心，一起跳起了太空快樂舞來。

時候不早了，米奇和隊友們坐上火箭，向地球的妙妙屋飛去。

火星人米奇依依不捨地朝他們揮手告別說：「記得多些來火星探望我們啊！」

妙想樂園

數獨遊戲

小朋友，快來玩玩數獨遊戲吧！請在圖中空白的方格內填上數字1至4。注意，每一直行和橫行中，不能有重複出現的數字。加油哦！

	2	4	
1			3
4			2
	1	3	

答案：

3	2	4	1
1	4	2	3
4	3	1	2
2	1	3	4

水果總動員

小朋友，為了讓妙妙屋的朋友們飲食均衡，米妮和黛絲買來了許多水果。請你數一數每種水果的數量，把答案寫在對應的 ⬭ 內，並回答下面的問題。

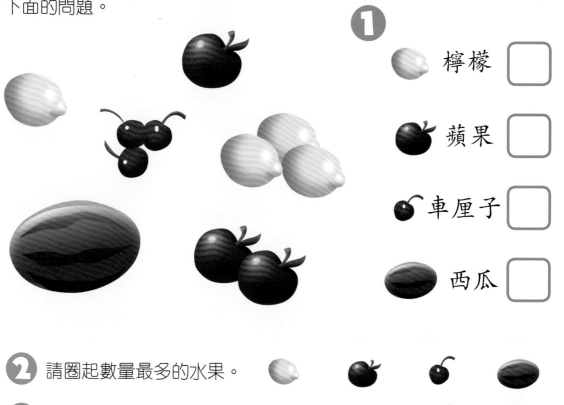

1

檸檬 ☐

蘋果 ☐

車厘子 ☐

西瓜 ☐

2 請圈起數量最多的水果。

3 請圈起數量最少的水果。

34

DISNEP 米奇妙妙屋

妙趣益智故事
美味曲奇餅

今天，妙妙屋的朋友們會在米妮的指揮下，合作做一件很有意義的事！
米妮說：「今天鎮上會舉辦烘焙大賣場，我們要多烤一些曲奇餅去賣，把收入全部捐給動物收容所！」

「好呀，我贊成！」黛絲和應道。

「我打算製作健康美味的燕麥曲奇餅！」米妮說。

「好主意，」米奇說，「在我們動手製作前，我們需要工具精靈提供一些妙妙工具！」

米奇剛剛說完，工具精靈馬上出現，還帶來了：一輛紅色手拉車、一枝藍色筆、五桶顏料，還有一件神秘的妙妙工具！

米奇拉下妙妙屋內的一個手桿，一個廚房立即出現在他們眼前。

接着，米妮說出了她需要的工具和材料的名稱。

「攪拌碗！」她說道。

「在這兒！」唐老鴨說着，立刻把攪拌碗放在米妮面前。

「牛奶！」米妮又叫道。

「在這兒呢！」黛絲答應着，從冰箱裏取出一瓶牛奶。

米妮一個接一個地叫出材料的名稱。

「麵粉！白糖！雞蛋！」她說得很快。

「這兒，這兒，還有這兒！」高飛也很快地回答她。

「製作曲奇餅時，需要計算和量度材料的重量，」米妮對大家說，「我們每次烘焙兩爐曲奇餅吧。黛絲，請給我打四個雞蛋。」

「高飛，請幫我量出五杯燕麥。」米妮說。

然後，她又讓高飛仔細地量出適量的白糖、食鹽和麵粉。一些麵粉粉末飄了起來，鑽進高飛的鼻子裏。

「乞—乞—乞嗤！」高飛忍不住打了個噴嚏，麵粉應聲飄了起來，他和米妮全身都沾滿了麵粉。

「天哪！」高飛連忙摀住鼻子，不好意思地道，「米妮，對不起呀。」

「沒關係，我們可以重頭再來。」米妮擺擺手道。

他們很快就重新量好所有材料了。

「曲奇餅要烘焙十二分鐘，但這裏沒有計時器呢。」米妮說。

突然，她靈機一動，說：「我有一個好主意。每天早上，我都會做十二分鐘的啞鈴運動！在等候曲奇餅烘焙的時候，我們可以一起做運動來計算時間！這裏有什麼東西可替代啞鈴呢？」

對了，有五桶顏料呢！每一桶顏料都有相當的重量啊！

　　米妮把曲奇餅放入烤箱後，每個人都提起一桶顏料。米奇拉下手桿，
大家立刻來到了健身房。

　　在接下來的十二分鐘，米妮帶着大家一起做舉顏料的運動。

　　「做運動有益身心，真是個好主意呢！」唐老鴨興奮地說。

他們做完運動後，米奇拉下手桿，眨眼間，大家又回到了廚房。嗯！新鮮出爐的曲奇餅香味充滿了整個廚房呢！

「米妮，你成功了！」米奇歡呼道，「看，布魯托多喜歡你的曲奇餅！」

米妮靈機一動，說：「我們可以製作一些特別的曲奇餅讓人購買，並鼓勵他們送給收容所的小狗！」

「好主意！看來我們需要使用一件妙妙工具了。」米奇說。

神秘的妙妙工具現身，原來它是一個狗骨頭形狀的曲奇餅模具！
接下來，米妮製作了幾盤狗骨頭形狀的曲奇餅和更多圓形曲奇餅。
曲奇餅終於全部做好了，現在該怎麼把它們運送到烘焙大賣場呢？

對了！就是工具精靈提供的那一輛紅色手拉車！妙妙屋的朋友們把所有曲奇餅裝上手拉車後，米奇負責在前面拉手拉車，米妮就在後面幫忙推着。米奇一邊使勁拉車，一邊說：「這些曲奇餅真重啊！」

他們順着蜿蜒的小路前進。突然，他們發現前方的路被攔住，而彼特則站在路中間。

「停！」彼特大聲地說，「要想過此路，留下買路錢！」

「多少錢？」米奇驚訝地問。

彼特瞥了一眼裝滿曲奇餅的手拉車，說：「你們要留下所有曲奇餅！」

米妮走到彼特跟前，大聲說：「彼特，我們一塊曲奇餅也不會給你的。我們要把它們運到烘焙大賣場，為本鎮的動物收容所做貢獻。」

　　「米妮，對不起，」彼特說，「這是收過路稅的地方，我負責收稅，必須留下這些曲奇餅！要不這樣好了，我讓你們每人留下一塊曲奇餅吧。」

　　如果按照彼特所說，米奇他們能夠剩下多少塊曲奇餅呢？

米妮、米奇、唐老鴨、黛絲、高飛、布魯托，一共六人。那麼就是六塊曲奇餅！這也太少了。可是，他們還是同意了。六總比零多吧。

當他們趕到烘焙大賣場的時候，活動已經開始了。

「我有一個主意，」米奇靈機一動，說，「我們把這六塊曲奇餅切成小塊讓人們品嘗，如果他們喜歡，可以先付訂金，明天我們給他們送貨上門。那麼我們就可以把更多錢交給動物收容所了！」

「米奇，你真聰明！」米妮高興地在他的臉上親了一下。然後，她四處望了望，說：「這裏有紙，卻沒有筆，沒法記下客人的訂購資料呢。」

「我們需要另一件妙妙工具，就是那枝藍色筆！」米奇說。

一切準備妥當，米奇他們準備迎接客人了。沒料到，第一個來到他們攤位前的竟然是彼特！

「噢，怎麼又是你！」米妮氣呼呼地說，「你已經從我們這兒拿走了很多曲奇餅，你不能再拿了！」

「米妮，別擔心。」彼特微笑着說，「你說得對，幫助收容所的動物很重要。現在，我把所有曲奇餅都送回來了！」

接着，他又說：「我吃掉了三塊曲奇餅，我會付那三塊曲奇餅的錢的！」

「哦，彼特，」米妮驚喜地說，「你不但喜歡吃甜食，你的心也一樣甜啊！」

小朋友，今天我們用顏料桶、狗骨頭形狀的曲奇模具、紅色手拉車和藍色筆解決了所有問題，真是太棒了！

妙想樂園

一人一個

美食節開始啦！妙妙屋的朋友們組隊來到了美食攤位前。請你根據人數的多少，為每一組朋友找到對應數量的泡芙，並用線連起來。記得要保證每人要有一件泡芙哦！

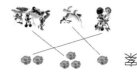

答案

59

小朋友，我們學會了數數，還認識了數字1-10，真厲害啊！快來看看更多《米奇妙妙屋》故事，你會變得更聰明哦！